Jane Eyre

Jane Eyre

給孩子的第一本經典

簡愛

Jane Eyre

夏綠蒂・勃朗特 原著

晴天金桔 編著　雷夢 插畫

親子圖文本

導讀

追求平等，不看輕自己！

夏綠蒂・勃朗特，一八一六年出生於英國約克郡的一個小鎮。

《簡愛》可說是她的半自傳小說。

故事中的女主角簡・愛與夏綠蒂・勃朗特的真實人生，有許多共通的地方。像是父親同樣是牧師、母親早逝、出身貧困、曾就讀寄宿學校、擔任過家庭女教師、愛上已婚人士等，可說是同樣都經歷了充滿艱辛與挑戰的日子。

一八三八年，夏綠蒂離開學校，而後開始在有錢人家裡做家庭教師，期間受到許多不平等的對待與歧視，種種不愉快的經歷，讓她深深體會到這份工作的無奈。

因為，就算她比許多同年齡的女性擁有更好的品德、學識與內涵，但是，家庭教師的地位卑微、經濟狀況不佳，依然被很多有權有勢的人看不起。

夏綠蒂痛恨用世俗的眼光來評斷一個人的價值，認為一個人的靈魂是否高尚才是最重要的，所以，不管出生是貧是富，地位是高是低，所有人都應該是平等的。

因此，在《簡愛》中，她以深刻、細膩的筆觸，描寫了女主角在面對愛情時的態度——儘管愛上身分、地位與自己相差懸殊的羅徹斯特先生，簡・愛依然不卑不亢，堅持自己同樣有愛人的權利，且時刻保有自我的尊嚴，從不看輕自己。

令人惋惜的是，夏綠蒂・勃朗特在三十八歲時就因病去世，留下愛她的丈夫，以及動人且歷久不衰的作品——《簡愛》。

目錄

人物介紹

羅徹斯特

簡・愛的雇主，個性喜怒不定。雖然喜歡簡・愛並向她求婚，其實他早已有一個精神異常的妻子。在簡・愛離開後，於一場火災中失去了視力與手臂。

簡・愛

相貌平凡卻擁有不凡心智的孤兒，因為不被舅媽喜愛，從小被送往慈善學校念書。十八歲離開學校去當家庭女教師，與雇主羅徹斯特展開一段扣人心弦的愛情。

阿黛兒

羅徹斯特收養的小女孩。

柏莎・梅森

羅徹斯特精神異常的妻子。

Jane Eyre

第 1 章

不被舅媽喜愛的孤兒

下午，下起了大雨，讓我們無法出門散步。不過我很高興，因為我本來就不喜歡長時間在野外散步。

伊麗莎、約翰和喬琪安娜待在客廳，靠在他們的媽媽——也就是我的舅媽里德太太的身旁，看起來很幸福。而我，總是一個人待在一旁。

客廳旁邊是一間小小的餐室，我溜了進去。裡面有一個書架，我在其中挑了一本有很多插圖的《英國鳥類史》，爬上窗臺，縮起雙腳坐定後，再把紅色的窗簾拉起來，這樣就沒有人能發現我。

正當我沉浸在書中的世界，餐廳的門突然被打開了。

我聽見約翰說：「伊麗莎！喬琪安娜！簡不在這裡，快去告訴媽媽，她跑出去了！」

還好我把窗簾拉起來了，我想。

不料伊麗莎從門外探頭一望，說：「她一定躲在窗臺上。」

沒辦法，我只好從窗簾後面走出來，不安的問：「什麼事呀？」

「你應該說『什麼事呀？里德少爺。』我要你馬上過來！」

因為早就習慣經常被約翰欺負，我只能乖乖的走到他的面前。

他先是對我做了個鬼臉，接著，用力的向我揮來一拳。

我一個重心不穩，倒退了幾步，差點就摔倒。

「你躲在窗簾後面幹什麼？」他氣呼呼的問我。

「看書。」

「把書拿來！」

我回到窗邊，把書拿過來。

「你沒有資格動我們的書。媽媽說，你爸爸什麼也沒有留給你，你應該像乞丐一樣到處要飯，不配和我們一起生活、吃飯，還穿我媽幫你買的衣服。現在我要教訓你，讓你知道看我們的書會有什麼後果。你！給我滾到門旁邊去！」

我照著他的話做，走到門旁邊。接著就看見他把那本書高高舉起，向我扔了過來。書狠狠的砸在我的身上，我跌倒在地，頭撞在門上，擦破了皮。

鮮血很快的流了出來，我感到一陣疼痛。

「你這個惡毒的壞小孩！」我憤怒的說。

「你說什麼？竟敢這樣和我說話！伊麗莎、喬琪安娜，你們聽見沒有？我一定要跟媽媽告狀……」約翰一邊大喊，一邊朝我衝過來，然後抓住我的頭髮，拚命打我。

最後，我也忍不住還手了。

伊麗莎和喬琪安娜很快的把舅媽找來，後面還跟著保母貝西和傭人瑪莎。她們馬上把我和約翰拉開。

「哎喲！你這個野蠻人，竟然敢打少爺！」

「沒見過脾氣這麼壞的小姐！」

「貝西、瑪莎，把她拖到紅房間去關起來！」滿臉怒氣的舅媽大喊。

於是，四隻手抓住我，把我往樓上拖，推進舅媽指定的房間。

「我說小姐，放聰明點，要是里德太太不想養你，把你趕出去，你就只能住孤兒院啦！」貝西沒好氣的說。

「沒錯！你應該低聲下氣，乖乖聽話。」瑪莎附和著。

說完，她們便鎖上門，離開了。

紅房間富麗堂皇，但是很冷，離兒童室和廚房也很遠。這裡平時很少有人住，因為，九年前舅舅里德先生嚥下最後一口氣時，就是在這個房間。

我已經不太記得舅舅的模樣，不過，我知道他是我的親舅舅，在我成為孤兒後，他收養了我，而且在去世前，還要求舅媽把我像親生女兒一樣撫養長大，舅媽因為丈夫的請求，只好勉強答應，撫養一個她不喜歡的外人。

我一直相信，如果舅舅還活著，他一定會像對待親生女兒一樣疼我。

一回想起發生在我身上的事，我就覺得很不甘心！

約翰滿不講理、他的姊妹自以為是、舅媽總是看我不順眼，就連僕人也站在他們那邊！

為什麼我總是被打、被罵？為什麼我就是不討人喜歡？

伊麗莎任性又自私，大家卻愛她。喬琪安娜脾氣古怪、說話無禮，大家卻處處護著她，是因為她長得可愛嗎？至於約翰，根本沒有人敢對他說不，更不用說懲罰他了。而我呢？處處留意、時時小心，就怕做錯事，可是舅媽還是從早到晚說我淘氣、討厭、陰險、鬼頭鬼腦。

約翰粗暴的打我，沒有人責備他，我只不過反抗了一下，就被關進紅房間，真是太不公平了！

因為受傷加上心情激動又害怕，我大喊著要舅媽放我出去，但是她仍舊無情的將我關著。不久，我就暈了過去。

醒過來的時候，我已經躺在自己的床上。

貝西端著臉盆站在床邊，還有一位先生坐在我旁邊，關心的望著我。他是勞埃德先生，一位藥劑師。每次只要有傭人生病，舅媽就會請他過來。

勞埃德先生握著我的手，臉上掛著和藹的微笑，說：「你很快就會好起來的。」

他又交代貝西要小心照顧我，並說明天會再來看我，然後就走了。

隔天上午，勞埃德先生果然又來了。

「你叫簡，對不對？」

「是的，先生。我的名字叫簡・愛。」

「你昨天為什麼暈倒？」

「我被人狠狠揍了一頓，又被關進一間陰暗的房間裡，一直關到天黑，那間屋子很可怕，常常鬧鬼。」

「這個世界上根本就沒有鬼。現在是大白天，你還會怕嗎？」

「不怕，不過到了晚上又會覺得有鬼了。除了這些，還有別的事情讓我難過……」

「什麼事？說給我聽聽，好嗎？」

「首先，我沒有爸媽，也沒有兄弟姊妹。」

「可是，你有一位慈祥的舅媽，還有表哥和表姊。」

「是嗎？那麼，約翰為什麼把我打倒在地？舅媽為什麼把我關進紅房間呢？」我不服氣的說。

「你不覺得這棟房子非常漂亮嗎？能住在這裡，是一件很讓人羨慕的事。」

「只要有地方可以去，我真希望能夠馬上離開。可是，在我還沒有長大前，我沒有辦法。」

「除了里德太太，你還有別的親戚嗎？」

「應該沒有了。」

「你父親那邊也沒有親戚嗎？」

「我不知道。我問過舅媽，她說可能還有幾個窮親戚，不過，她跟他們沒有聯絡，也不知道他們現在的狀況。」

「要是真有這樣的親戚，你願不願意去投靠他們呢？」

「不，我不想做窮人。」我想了一下後給了答案。

「就算他們對你很好，你還是不願意嗎？」

我搖搖頭。

「那你想不想上學？」

我不太明白學校是什麼，只知道上學可以遠離這裡，和里德家的人從此一刀兩斷，還能開始全新的生活。所以馬上回答：「我很想上學。」

「嗯，你該換換空氣和環境了……」勞埃德先生自言自語著，站了起來。

從以後發生的事情來看，一定是勞埃德先生建議舅媽送我去上學，而舅媽最後也同意了。因為，有一天晚上，貝西和瑪莎在兒童室做針線活時，談起了這件事，而且剛好被我聽見了。

也就是在她們這次的談話中，我才知道，原來我的父親是個窮牧師，母親是貴族小姐。母親愛上父親後，不顧親友的反對，和他結了婚。我的外公認為她做了有損家族名譽的事，和她斷絕了父女關係，並且一分錢也不給她。

結婚一年後，父親和母親到一個大城市生活。在那裡，父親在訪問窮人時不幸感染了斑疹傷寒，之後母親也得了一樣的病，兩個人在不到一個月裡就相繼去世了。

簡·愛

Jane Eyre

Jane Eyre

第 2 章

羅沃德慈善學校

有一天，貝西跑來叫我，說有一位赫斯特先生在早餐室等我。

「這就是我說的簡．愛。」進入早餐室後，舅媽跟對方這樣介紹我。

「你是一個好孩子嗎？」赫斯特先生問。

我沒有說話。舅媽搖搖頭，算是替我回答了。

「看來，我得給這孩子好好上一課。」說完，赫斯特先生開始教訓起我來。不意外，他已經認定我是一個壞小孩。

一陣子後，舅媽開口：「先生，我在信中已經說得很明白。如果你肯讓她進羅沃德學校，讓那些嚴厲的老師看管她，我會感到十分高興的。」

「你的決定非常明智，太太。」赫斯特先生回道。

「太好了，我會盡快送她過去。」舅媽高興的說。

幾天後，我搭著馬車離開了里德家，來到羅沃德學校。接待我的是一位和藹、慈祥又溫柔的女士。

「你一定累壞了吧？」她輕輕摸了摸我的臉頰，說希望我能表現得很好，就把我交給了一位米勒小姐。米勒小姐帶我去吃飯，又帶我去臥室就寢。

隔天清晨，我跟著其他女孩下樓，走進一間燈光昏暗的教室，開始小聲讀書。一個小時後，我們前往飯廳吃早餐，然後，大家回到教室等待上課。鐘聲敲了九下時，幾位教師走進教室，其中包括昨天接待我的那位女士。原來她是羅沃德學校的學監——瑪利亞・坦普爾小姐。

她把第一班的學生叫到身邊，幫她們上地理課，而其他幾位教師則把低年級的學生叫到一旁上歷史、文法等。

下課鐘響後，不知道是誰發出的命令，說：「到花園去！」所有人便走出教室前往花園。

花園裡，有人做著運動，有人擠在一起取暖，我則沉浸在自己的孤獨世界中，努力忘掉刺骨的寒冷和飢餓感。這時，背後傳來一陣咳嗽聲，我看見一個女孩坐在石板椅上，入迷的讀著一本叫《拉塞拉斯》的書。

「有趣嗎？」我好奇的問。

「是的，我很喜歡。」

「書裡面都寫些什麼？」

「你可以看看。」她把書遞給我。

我接過來翻了翻，覺得內容不如書名那麼有吸引力。

「你叫什麼名字？來這裡多久了？」我冒昧的問。

「我叫海倫・伯恩斯。來這裡兩年了。」

「你也是孤兒嗎？」

「嗯。我媽媽去世了。」

「你在這裡快樂嗎？」

「你的問題真多，我要看書了。」

就在這個時候，吃飯的鐘聲響了，大家又回到屋子裡。

第二天下午，有一班學生圍著斯卡查德小姐讀書，我在其中認出了海倫。我看見她將一束紮好的小樹枝條，遞給斯卡查德小姐，斯卡查德小姐立刻舉起枝條，狠狠的抽打在她的脖子上。

我嚇得雙手發抖，心中湧起一陣憤怒，可是海倫沒有掉一滴眼淚。

那天傍晚，我看見海倫藉著壁爐微弱的火光，看著書。

我關心的問：「你一定很想離開這裡吧？」

「為什麼？我是來學習的，沒有學成以前，我是不會走的。」

「斯卡查德小姐對你太凶了。換成我的話，我會把鞭子搶過來，將它折個粉碎。」

「那你就會被赫斯特先生趕出學校！既然避免不了，就只能忍受。如果受不了，就只能證明你的軟弱。」

「我們要反抗那些殘暴的人，不能無緣無故被欺負。」

「不！要愛你的仇人，並為他禱告。」

「這麼說，我要愛里德舅媽和約翰了？」

海倫不知道他們是誰，於是我把在里德家的事，全都跟她說了。

「他們對你是不好。可是，你對他們的所作所為也記得太清楚了。如果你能忘掉這一切，不是會活得更快樂嗎？」

一天下午，我手裡捧著石板，正努力算一題很難的除法。這時，赫斯特先生來訪，他站在坦普爾小姐身邊，和她低聲說話。

我每天都在擔心他會告訴學校的人，說我是一個小騙子。我僥倖的想，只要不讓他注意到我，應該就可以逃過一劫了。於是，我把石板拿起來遮住臉。

沒想到，石板竟然從手裡滑落，掉在地上摔成兩半！

所有人都朝我看過來，包括赫斯特先生。

「關於這個新來的小女孩，我有幾句話要說。你到前面來。」他說。

當我走到赫斯特先生面前，他叫人把我抱到一張凳子上，然後清了清嗓子，說：「大家聽好，她的靈魂已經爛掉了。學生都要避免和她作伴、遊戲、談話，老師則要觀察她的行動，懲罰她的肉體來拯救她的靈魂。這個小騙子原本是個孤兒，有位好心的太太收養了她，她卻忘恩負義，她的恩人忍無可忍，才把她送到這裡來治療。」

之後，我被罰在高高的凳子上站半小時。

下課後，等到所有學生都去吃茶點，我才敢走下凳子，痛哭起來。

「來，吃點東西。」這時，海倫為我送來食物。

「你幹麼還理一個人人都認為是騙子的人？」

「人人？這裡總共不過八十個人，世界上的人還有千千萬萬。」

「我認識的這八十個人都瞧不起我。」

「你錯了。沒有一個人會瞧不起你，還有人會非常同情你。」

「聽了赫斯特先生的話，還有誰會同情我？」

「赫斯特先生又不是上帝，他甚至連一個受尊敬的人都不算，這裡的人都不喜歡他。只要你問心無愧，就不會沒有朋友。」

「我知道不應該輕視自己，不過，要是沒人愛我，我寧願死掉。」

「你把別人的愛看得太重了！我知道你是被冤枉的。」

不久，坦普爾小姐也來了，她要我們到她屋裡去，然後對我說：「罪犯在被起訴時，通常允許為自己辯護。你既然被指責為說謊者，那現在就在我面前盡力為自己辯護吧。」

我思考了一下，把過去生活的狀況一一說出來。我還提到勞埃德先生，說他在我昏過去的時候來看過我。還有紅房間事件，我永遠也忘不了。

「我認識勞埃德先生，我會向他詢問你的事情。如果他的答覆和你說的一樣，我會當著大家的面公開替你澄清。不過，對我來說，簡，你已經清白了。」

坦普爾小姐說完後，吻了吻我，又關切的問海倫：「今晚感覺怎麼樣？咳嗽還厲害嗎？」

「已經好多了。」

「胸部的疼痛呢？」

「好一點了。」

這時，坦普爾小姐站起來，拉起海倫的手，摸了摸脈搏，然後輕聲歎了口氣，陷入沉思。不過很快的，她又回過神來，露出一臉笑容，說：「你們是我請來的客人，我必須好好招待你們。」

那天晚上，我們吃了香甜的飲料和食物，享受了一次盛宴。

大概一週後，坦普爾小姐收到勞埃德先生的回信，他在信中證明我說的都是實情。於是坦普爾小姐把全校師生召集起來，再把調查的結果告訴大家，當眾宣布我是無辜的。

還不到五月，學校裡就有許多人感染了傷寒。

坦普爾小姐全部心思都放在生病的人身上，死亡成了每天都要面對的事情。

海倫也得了嚴重的肺病，還被移到坦普爾小姐的房間裡，我已經有好幾個星期沒見到她。

六月初的某天晚上，聽醫生說海倫快不行了，我覺得非常哀傷，很想見她最後一面。

晚上十一點的時候，我偷偷跑進坦普爾小姐的房間，走向床邊，輕聲的說：「海倫，你醒著嗎？」

「是你嗎？簡。」我聽得出她很驚喜。

「我是來看你的。」

「來和我告別的嗎？」

「不，不，海倫！」我努力忍住不讓淚水奪眶而出。

「簡，你還光著腳呢，快躺下，到我的被子裡來。」

我照著她說的，躺進被窩裡。

「當你聽到我死的時候，千萬不要難過，每個人都會死，我的心很平靜。」海倫柔聲的說。

「你會去哪裡呢？海倫。」

「我有信仰，會到天父那兒去。」

我們倆悄聲說著話，很快的就睡著了。當我醒過來的時候，白天已經到來，一個護士抱著我，正要將我送回宿舍去。

兩天後我才知道，坦普爾小姐清晨回到自己的房間時，發現我也躺在床上，我的臉貼著海倫的肩膀，手臂摟著她的脖子。

我睡著了，海倫卻死了！

感謝有你

謝謝你讓生命變得更美好

簡・愛到羅沃德學校後，從學監坦普爾小姐和海倫那裡得到了關愛與鼓勵，讓她之後的人生有了不同的風景。

你呢？有沒有曾經

受到哪些人的鼓勵或是幫助呢？

在下一頁中，你可以寫出想對他們說的話，或是畫出他們的樣子，跟他們說聲謝謝！

Jane Eyre

第3章

家庭女教師

我在羅沃德總共待了八年，六年是學生，兩年當老師。現在，我十八歲了，想去看看外面的世界。

坦普爾小姐結婚後的隔天一大早，我就寫了一封求職廣告信寄到《先驅報》。內容大致是：

現有一位年輕女士，願謀家庭教師職位，兒童須小於十四歲。該女士能勝任英國教育所包含的所有普通課程，以及法文、繪畫和音樂。回信請寄至XX郡羅登郵局，J・E收。

一個星期後，我收到了以下的回信：

如果在週四的《先驅報》上謀職的J・E，真的具備她所說的能力和修養，我將提供一份合乎要求的工作，教一個不滿十歲的小女孩，年薪三十英鎊。請將證明資料、姓名、地址等寄至以下地址：XX郡，米爾科特附近，桑菲爾德，費爾法克斯太太收。

回信的字體很老式，我猜，這位費爾法克斯太太一定是典型的英國老太太，至於桑菲爾德則是她的住處，應該是個整潔、井井有條的地方。

在確定可以離職及拿到品格和能力證書後，我很快回信給費爾法克斯太太。一個月後，我得到她的回覆，要我兩週後到她家正式上課。

陰冷的十月天，我坐著馬車，來到一幢氣派的房子前。一位女傭打開門出來迎接我。

我跟著她走進一個舒適的小房間，爐火旁一張老式的搖椅上，坐著一位穿戴整潔的老婦人。果然，費爾法克斯太太的樣子和我想像的差不多，而且看起來非常和藹，這讓我覺得很安心。

第二天清晨，費爾法克斯太太和我打招呼。

「早安！簡・愛小姐，你覺得桑菲爾德怎麼樣？」她慈祥的問。

「這是一個美麗的地方，我很喜歡。」

「的確是一個好地方，但是我擔心它會慢慢沒落，除非羅徹斯特先生長期來這裡住，或是經常來這兒。要管理好大房子和庭院，還是需要主人在家的。」

「羅徹斯特先生？他是誰？」

「桑菲爾德的主人。你不知道嗎？」

「我還以為你就是桑菲爾德的主人。」

「我？我不過是一個小小的管家。」

「那麼，我的學生呢？」

「她是羅徹斯特先生收養的一個小女孩。瞧，她來了。」

小女孩由保母陪著，跑了過來，她是一個七、八歲大的孩子，看起來很活潑。

「早安，阿黛兒，這位小姐是你的老師，她會教你讀書，把你培養成聰明的女人。」費爾法克斯太太對小女孩說。

「她是我的家庭教師嗎？」她指著我，用法語問保母。

「是的。」保母同樣用法語回答。

「她們都是外國人嗎？」聽到她們用法語對話，我吃驚的問。

「保母是外國人，而阿黛兒出生在法國，六個月前第一次離開那裡。她剛來的時候，一句英語也不會，現在好像可以勉強說一些。我是聽不懂她講什麼，不過，我想你能明白她的意思。」

上午教學結束後，費爾法克斯太太帶著我認識環境。

「這是主人的房間，平常沒有人住。」她指著一扇大拱門，我好奇的向裡面望了望。

「房間收拾得真整齊，我還以為有人住呢。」我讚歎著。

「羅徹斯特先生每次回來都很突然，所以我平時都會整理一下，以防萬一。」

「羅徹斯特先生是個什麼樣的人？」

「他是個很正派、很大方的紳士。他的家族在這裡很受人尊敬，有權勢也有財富。」

「他的性格呢？」

「有點特別。他到過很多地方，見過世面也很博學，不過我和他談得不多。」

「怎麼樣的特別呢？」

「我不知道該怎麼形容。就是你和他說話的時候，會覺得很難了解他在想什麼，不過，他是一個很好的雇主。」

我跟著費爾法克斯太太繼續到其他地方看看，最後來到了三樓。

突然，耳邊傳來一陣刺耳的古怪笑聲。

我停住腳步，那笑聲也停了下來，過了一會兒，那聲音又來了，而且比剛才更加響亮、瘋狂。

「那是誰？真可怕！」我大喊。

「可能是葛莉絲・普爾。她經常那樣大笑。」

費爾法克斯太太正說著，一陣沉悶的笑聲再度傳來。

「葛莉絲？」費爾法克斯太太大叫了一聲。

離我最近的那扇門打開了，一位看起來三、四十歲的女人走了出來。她長得很強壯，一張臉冷酷而難看。

「太吵了，葛莉絲。」費爾法克斯太太說。

葛莉絲默默行了個屈膝禮後，轉身走進房間。

「她是我們雇來做針線活的，也幫女傭莉婭做些家務。雖然她有些地方讓人受不了，不過工作表現很好。」費爾法克斯太太向我解釋。

一月某個寒冷的下午，阿黛兒因為感冒請假，我剛好不想在書房裡消磨時間，便自告奮勇幫費爾法克斯太太到乾草村去寄信。半路上，我因為走累了，就在路邊一個臺階坐下來休息。

忽然，隨著一陣粗重的聲響傳來，一隻大狗從樹叢下竄出，緊接著，一匹馬來到我的面前，馬背上坐著一個男人。我看著他從身邊經過，沒有多想，站起來繼續趕路，沒想到走不到幾步，就聽到一聲巨響，原來馬在覆蓋路面的薄冰上滑倒了，結果馬上的男人摔得人仰馬翻！

「先生，需要我幫忙嗎？」我趕過去關心的詢問。

「你站在一邊就好。」男人一邊回答，一邊吃力的嘗試站起來。

我乖乖照他的話做了。之後，馬重新站了起來。

「先生，要是你受傷了，我可以替你去叫人。」我再次表達關心。

「謝謝你。我還好，只是扭傷了腳。」

男人再次試著站起來，結果痛得忍不住叫出聲。

他揮手示意我走開，我卻固執的一動也不動，說：「天這麼晚了，我不會把你一個人留在荒郊野外的。」

「你從哪裡來？」男人好奇的問。

「就從下面來。」

「你家就是下面那棟房子？」他指指桑菲爾德。

「是的，先生。」

「那是誰的房子。」

「羅徹斯特先生的。」

「你認識羅徹斯特先生嗎？」

「不，我從來沒有見過他。」

「看你的樣子，你不像是那裡的僕人，你是……？」

「我是家庭教師。」

「家庭教師！」他複述了一遍。「見鬼，我居然忘了！要是你願意，可以幫我一把。」

「好的，先生。」

「先想辦法把馬牽過來。你不會害怕吧？」

我走到馬前，伸長手想去抓轡頭，可是那匹馬不讓我靠近牠的頭。

「我看，只好請你到這裡來了。」男人看我一直失敗，忍不住笑了出來。

我照他說的走向他。

「請原諒，我實在沒有辦法，只好借助你了。」他一邊說，一邊把一隻沉重的手放在我的肩膀上，上身靠著我，慢慢一拐一拐的挪到馬的前面，然後伸手抓住轡頭，藉著手上的力量，吃力的跳上馬鞍。

我將馬鞭還給他，他向我道謝。之後，只見他用靴跟碰了一下馬，馬立刻長嘯一聲飛奔而去，很快的，人、狗、馬就消失在我眼前。

晚上，我回到家，聽到餐廳裡有一群人正在大聲談笑。我還來不及分辨出他們是誰，餐廳的門就被關上了。

我來到費爾法克斯太太的房間，裡面坐著一隻長毛狗，很像我在路上遇見的那隻。牠一發現我就走到我身邊，高興的搖著尾巴。

我想要一根蠟燭並問問狗是哪裡來的，便拉了拉鈴，不一會兒，莉婭進來了。

「這是哪來的狗？」我問。

「牠是主人的狗——派洛特。羅徹斯特先生剛剛到家。」

「費爾法克斯太太和他在一起嗎？」

「是的，還有阿黛兒小姐，他們都在餐廳。主人遇到了一點意外，他的馬滑倒了，他扭傷了腳。」

「馬是在去乾草村的那條路上摔倒的嗎？」

「是的，下山的時候踩在冰上滑倒了。」

「謝謝你。可以麻煩你幫我拿根蠟燭過來嗎？」大概了解狀況後，我就不再多問了。

趣味知識加油站

十九世紀的家庭女教師

簡・愛在離開羅沃德學校後，到了羅徹斯特先生家當家庭女教師。你知道嗎？家庭女教師在十九世紀時的英國，並不算是一個受人尊重與瞧得起的職業，而且薪水也不高喔！

通常，那是那些沒有父親或是丈夫可以依靠，又沒有錢足以維持日常生活所需的中產階級女性，極少數的、能夠從事的工作。

家庭女教師必須住在雇主家，一天中大部分的時間，除了吃飯、睡覺，都要聽從主人的命令投身工作，幾乎沒有私人的時間和空間。而她們的地位也很尷尬，既不算是僕人，也不算是家庭成員，有時還會受到歧視與看輕呢！

《簡愛》的作者夏綠蒂·勃朗特就擔任過家庭女教師，她曾經寫信跟好朋友抱怨，自己並不是很喜歡這份工作，但是為了生活，又沒有辦法不做……

簡・愛
Jane Eyre

Jane Eyre

第 4 章

三樓的古怪笑聲

傍晚，費爾法克斯太太對我說：「羅徹斯特先生請你今晚與他一起用茶點，他忙了一天，還沒來得及見你一面。」

六點鐘的時候，我穿著最漂亮、最體面的衣服走進小客廳。羅徹斯特先生斜靠在躺椅上，我一眼就認出他是稍早在路上碰見的騎士。

「愛小姐，我檢查了阿黛兒的功課，發現她進步不少，這都是你的功勞。聽說你來自羅沃德慈善學校，你在那裡待了幾年？」

「八年。」

「八年！你真堅強。那種地方就算只待上一半的時間，也會把身體搞垮的！你有自己的社交圈嗎？」

「沒有。我接觸的人很少，只有以前羅沃德的學生和老師，還有現在桑菲爾德的人。」

「你看過很多書吧？」

「只是有什麼就讀什麼，數量不多，也沒有太深入研究。」

「阿黛兒今天早上給我看了幾張你的畫作，我猜是你的老師幫你畫的吧？」

「不，不是。」我急忙解釋。

「把你的畫冊拿來，只要你能保證那些都是你自己畫的就行。」

「好的，由你自己判斷好了，先生。」

說完，我從書房裡拿來畫冊。他仔細看了每一張速寫和每一幅畫，不時的點點頭。

「你對自己的作品感到滿意嗎？」

「不滿意。我沒有能力把所想像的東西完整的表現出來。」

羅徹斯特先生點點頭，說：「你沒有經過專門訓練，缺乏藝術家的技巧和知識，但是對一個女學生來說，已經很難得了。」

那晚的會面就這樣結束了。

過了幾天，羅徹斯特先生要我和阿黛兒到樓下去見他。我們一走進餐廳，就看見桌上放著一個紙盒。

「我的禮物！」阿黛兒開心的朝它跑過去。

「你的禮物終於來了，拿著玩具娃娃去玩個夠吧！」羅徹斯特先生嘲笑的說。

過了一會兒，他發現我在看他。

「愛小姐，你在觀察我，」他問：「我好看嗎？」

「不好看。」我誠實的回答。

「真是直接！你這麼說是什麼意思？」

「我的意思是，每個人對美的看法本來就不一樣，或者說，一個人的外表美不美並不重要。」

「外表並不重要，說得好！好吧，我不好看，你也不算美，幸好你還誠實。」

羅徹斯特先生的胸膛非常寬闊，與四肢不成比例，大多數的人都會覺得他很醜吧？但是，他舉止傲慢、態度從容，對自己的外表完全不在乎，而且非常有自信。

「今天晚上我想找人說說話，所以把你叫來。我想問你，我是否有權力命令你？因為，我的年齡足以做你的父親、走過大半個地球、跟各個國家的人打過交道，而你只是和同樣一群人在一棟房子裡，每天過著一樣的生活。」

「你怎麼想都可以，因為我是你花錢雇來的人。但是我並不認為，由於你的年齡比我大、見的世面比我多，就有權力對我發號施令。你看問題不一定會比我更高明，這要看你怎麼運用你的人生經驗。」我一臉正經的回答。

「哈！你從來不笑嗎？其實你可以笑得很燦爛的。相信我，你不是生來就很嚴肅的人，就像我不是生來就很邪惡。」

唉，我真不知道該怎麼跟羅徹斯特先生講下去了……

之後的某一天，羅徹斯特先生跟我說了阿黛兒的身世。

「多年前，我曾經愛過一個法國歌劇舞者，我以為自己是她心目中的白馬王子，還把她安置在一棟豪華的住宅，結果，她為了一個男人背叛我，於是我叫她馬上搬出去。沒想到，六個月後，她居然說阿黛兒是我的骨肉，還狠心遺棄了阿黛兒。

我不認為自己有撫養阿黛兒的義務，因為我根本就不是她的父親。可是，當我聽說這孩子無依無靠，便把這可憐的小東西從巴黎帶到這裡。」

當天晚上我正要睡著時，一陣狂笑聲把我吵醒。接著，我聽見門外有人走上了三樓。

「又是葛莉絲嗎？」我打開門想查看一下，卻看見羅徹斯特先生的臥室失火了，我趕緊衝進去，只見我的雇主還在熟睡！

「快醒醒！快醒醒！」我一邊搖晃他的身體，一邊大叫著。

床單已經燒了起來，我立刻端起一旁的臉盆和水罐，往他的身上潑。

火終於撲滅了，熟睡的羅徹斯特先生也醒了過來。他大聲咒罵：「淹水了嗎？」

「沒有，先生，但是發生了一場火災。現在已經沒事了！」我說。

「你是簡・愛嗎？你到底把我怎麼了？你存心想淹死我嗎？」

「先生，有人在搞鬼。」

「怎麼回事？」

我簡單向他敘述了事情的經過。

「我要上三樓去。你留在這裡別動，也不要驚動任何人。」說完，羅徹斯特先生輕手輕腳的上了三樓。

他回來的時候，臉色蒼白，悶悶不樂。

「我全搞清楚了，果然和我預料的一樣。簡，你今晚聽到的古怪笑聲，之前是不是也聽過？」

「是的。樓上有個做針線活的女人，名叫葛莉絲・普爾。她經常那樣笑，是一個奇怪的女人。」

「沒錯，一切都是她惹的禍。這件事你不要跟任何人說。」

「好的。那麼，晚安，先生。」

道完晚安，我正準備離去，羅徹斯特先生卻說：「你不能就這麼走了，你救了我的命，至少得握握手吧。」

見他伸出手，我也將手伸出去。他用兩隻手緊緊的握著我的手。

「我很高興，你救了我的命，我欠你一個人情。我不知道該說什麼，如果是別人幫了我這麼大的忙，我一定會覺得受不了，但是你和其他人不同，我不覺得你的幫忙會給我壓力，簡。」羅徹斯特先生看著我，好像想再說些什麼，但是，話到嘴邊又吞了回去。

在那個晚上後，我陷入了矛盾中，我經常想要見到他，卻又害怕看見他。

另外，我一直想著葛莉絲這個神祕人物，她在桑菲爾德到底占有什麼地位？為什麼做了壞事卻沒有受到處罰？羅徹斯特先生既然知道是她放的火，為什麼不說破？為什麼還要我和他一起保守祕密？

我從費爾法克斯太太那裡得知，羅徹斯特先生今天要到埃希頓先生家作客。

「那裡有女士嗎？」我好奇的問。

「當然。有埃希頓太太和她的三個女兒，還有白蘭琪・英格朗小姐和瑪麗・英格朗小姐，她們都是大美人，尤其是白蘭琪小姐。六、七年前我見過她，她不但長得漂亮，還很會唱歌、跳舞，可說是個才女。那時她是來參加羅徹斯特先生舉辦的聖誕舞會，兩人還一起表演二重唱，是當晚最耀眼的人。」

「這位才貌雙全的小姐結婚了嗎？」

「好像沒有。」

「她這麼優秀，難道沒有富有的紳士或貴族看上她？像是羅徹斯特先生？」

「他們年齡相差太大了，羅徹斯特先生都快四十了，她卻只有二十五歲左右。」

之後，我細細回想著費爾法克斯太太說的話，再反省一下最近的內心狀況，發現自己正處於一種不切實際的幻想中。

我問自己：「你是羅徹斯特先生喜歡的人嗎？你有哪一點值得他愛？他只是對

你稍微流露一點好感，你就以為那是愛情嗎？將來如果又想起他對你的好，你一定要對自己說：『羅徹斯特先生怎麼會不要如童話公主一樣的美人白蘭琪小姐，而去喜歡一個地位低下的貧苦女子簡・愛呢？』」

暗暗下定決心後，我的心情終於平靜了下來。

簡·愛

Jane Eyre

Jane Eyre

第5章

吉普賽算命老婦人

羅徹斯特先生去埃希頓家作客兩個多星期後，郵差送來一封信。

費爾法克斯太太讀完信，說：「先生馬上就要回來了！還會帶客人來。」

三天後，羅徹斯特先生回來了，埃希頓先生以及其他客人也跟著一起來了，大廳很快就熱鬧起來。

隔天，羅徹斯特先生和客人一起出遊。他和白蘭琪・英格朗小姐不管是外出還是回來，兩個人騎著的馬都緊靠在一起。

「他們走得真近。很明顯的，比起其他女人，羅徹斯特先生更喜歡她。」我對費爾法克斯太太說。

「是的，我也認為他很喜歡她。」

「而且，她也很喜歡羅徹斯特先生。」我補充著。

晚上，羅徹斯特先生走進客廳時，我努力把注意力都集中在手裡的針線上。但是，不管我怎麼努力，還是忍不住想起火災那晚的情景——他緊緊的握著我的手，眼神裡充滿感情。在那一瞬間，我和他之間幾乎沒有距離。

而現在，正如我所想的一樣，他看都沒有看我，就直接走到客廳的另一邊坐了下來，開始和女士們說話。

唉，我本來不打算繼續愛他，可是，當我一看見他，那愛的火苗又復活了……

接下來的日子，他的注意力完全集中在白蘭琪小姐身上，不過，我一點都不嫉妒她。因為，她的外表雖然很美，內心卻很虛假；她雖然多才多藝，心靈卻很空虛。而且，每次只要阿黛兒稍稍靠近她，她就會大聲責罵著，要阿黛兒走開。

另外，我發現羅徹斯特先生也在觀察他未來的新娘。我看得出來，羅徹斯特先生是為了某種門當戶對的觀念，才想和她在一起，他們根本就不相愛。

這天，羅徹斯特先生獨自出門了。他不在的時候，家裡來了一位名叫梅森的陌生人，他不但說話的口音有點奇怪，還說和羅徹斯特先生是在西印度群島認識的。

我正想著這個陌生人找羅徹斯特先生有什麼事時，僕人薩姆走近埃希頓先生，低聲說了幾句話，好像還提到「老太婆」、「討人厭」之類的字眼。

「女士們，剛才薩姆向我報告，有位幫人算命的吉普賽老婦人正在僕人的飯廳，她『要為在座的女士們算命』。」埃希頓先生說。

白蘭琪・英格朗小姐一本正經的站起來，說：「好呀！我先去，看看她到底想玩什麼把戲。」

十五分鐘後，白蘭琪小姐回來了，所有人都把好奇的目光投向她。

「她都說了些什麼？」瑪麗・英格朗小姐問。

「都是些老掉牙的事，還說了一大堆廢話。」說完，白蘭琪・英格朗小姐拿起一本書，往椅子上一靠，再也沒有和任何人說話。她的臉色很難看，顯然是沒有聽到什麼好話，只不過，她依然裝出不在乎的樣子。

接下來，幾位小姐也去找了算命老婦人。

忽然，薩姆輕聲對我說：「小姐，那個吉普賽人說想見你，沒見到你，她不會離開。你要我怎麼回覆她呢？」

「喔！我會去的。」我回答。

我很高興有機會能滿足一下自己的好奇心，於是去找了那位算命老婦人。她一看到我，馬上說：「小姐，你冷，你有病，而且還很笨。」

「你憑什麼這麼說？」

「你冷，因為你很寂寞。你有病，因為一般人所擁有的那種最美好、最甜蜜的感情，都與你無緣。你很笨，因為你不敢讓那種感情接近你，也不敢主動靠近它。幸福就在眼前，只要你一伸手就可以得到。」

「我不懂你在說什麼。」

「這一切都和你的主人有關。最近他很快樂，你難道沒有發現嗎？」

「當然囉！羅徹斯特先生有權利交女朋友。」

「你看到了愛，不是嗎？你還看到了他的婚姻、看到他的新娘，不是嗎？」

「是的，美麗的白蘭琪小姐。」

「是啊，從很多方面來看，他不可能不喜歡那位有才華、美麗又高貴的小姐，而她也深深愛著他，就算不愛他本人，至少也愛他的錢。我知道她十分看重羅徹斯特先生的財產，一個小時前我這樣跟她說過，她馬上把臉拉長，很不高興。」

「這些和我又有什麼關係？」

「幸福就在你的面前，只等你伸手去拿。愛小姐，『戲已經演完』囉！嗨！簡，你認得出我嗎？」

老婦人說著、說著，聲音一下子變得熟悉起來。她卸掉了偽裝，居然是羅徹斯特先生！

「先生，你怎麼會想出這樣的怪主意？」我驚訝極了。

「我的表演還算專業吧！」

「你一直在胡說八道，想讓我也跟著胡言亂語，真是不公平。現在，你可以放我走了吧！對了，有一個陌生人來找你。他叫梅森，聽說來自西印度群島。」

羅徹斯特先生聽到梅森的名字，臉上的笑容一下子僵硬了，他喃喃自語著：「梅森！西印度群島！」

然後，他先是要我到客廳觀察梅森在做什麼，又對我說：「請你回到客廳，悄悄走到梅森身邊，小聲告訴他我已經到了，希望見他，再把他帶到這裡，然後你就可以離開了。」

我按照他說的做了。

寧靜的夜晚，突然傳出一聲尖叫，聲音來自三樓。接著，又傳來一陣打鬥以及喊救命的聲音。

雖然很害怕，我還是穿上衣服走到門外。所有人也都被這一陣騷動驚醒了。

「大家不要驚慌！」走廊盡頭的那扇門打開了，羅徹斯特先生走了出來。

「沒事！沒事！只是一個僕人作了一場惡夢。現在請大家都回房去，只有你們安定下來，我才能去照顧她。」他半哄半騙，把大家請回各自的房間。

一個小時後，羅徹斯特先生輕敲我的房門，悄聲說：「簡，我需要你幫我一個忙。你房間裡有沒有海綿和嗅鹽？」

「有的，先生。」

「把那兩樣東西都拿來。」

我照做後，他帶著我走到一扇小黑門前。他要我在外面等一下，自己先走進門內。

我聽到葛莉絲那魔鬼一樣的「哈！哈！」聲，接著聽到羅徹斯特先生和某個人交談了幾句，又過了一會兒才見他走了出來。

「到這裡來，簡！」

我跟著他走到床邊，看到床頭有一把搖椅，還有一個男人坐在那裡。我馬上認出他就是那個陌生的訪客梅森先生，他的一隻手臂和半邊襯衫都被血染紅了。

羅徹斯特先生用溼海綿擦拭他的臉，又將嗅鹽瓶遞到他的鼻子前。梅森先生很快的睜開眼睛，開始呻吟起來。

羅徹斯特先生又把他的襯衣打開，露出了手臂和肩膀上纏繞的繃帶，並對他說：「只是擦破了皮。我現在去幫你請大夫，明天早上你就可以離開這裡了。」

離開前，羅徹斯特先生叮囑我：「簡，我要離開一個小時，或是兩個小時。這段時間請你陪著梅森先生。」

大概兩個小時後，羅徹斯特先生終於回來了！他請的外科醫生也跟來了。這不到兩小時的時間，我感覺比兩個星期還要漫長！

醫生解開繃帶，看了看梅森先生的傷口，說：「這是怎麼一回事？」

「她咬了我！羅徹斯特從她手裡奪過刀子，她就像隻母老虎，狠命咬了我一口。我的天，真是太可怕了！」梅森先生驚恐的說。

「我早就警告過你。本來可以等到明天再和我一起去，你偏偏要今天晚上單獨去見她。我們要把你安全送走，這樣對你、對她都好。長期以來，我一直小心的隱瞞著這件事，我可不願意到最後還是讓其他人都知道真相。」羅徹斯特先生無奈的說。

等到醫生將梅森的傷口包紮好，羅徹斯特先生也替他穿戴整齊後，已經五點半了。

我聽從指示把邊門打開，一輛馬車正在那裡等著。過了一會兒，羅徹斯特先生和醫生將梅森先生扶上馬車，然後，醫生也跟著上了車。

馬車離去前，梅森先生對羅徹斯特先生說：「好好照顧她，盡量體貼、關懷她，讓她……」突然，他哭了出來，再也說不下去了。

「我會盡力的。以前是這樣，將來也會的。」羅徹斯特先生回答他，然後，關上馬車的門，看著馬車開走。

神祕塔羅占卜

你討人喜歡的程度有多高？

在《簡愛》小說中，為了試探簡．愛的感情，羅徹斯特先生曾經故意假扮成一位吉普賽算命老婦人。

提到吉普賽算命，你會想到什麼呢？一位神祕的吉普賽女郎，拿著一顆水晶球，摸啊摸、看啊看的，說出你的過去與未來？

事實上，吉普賽人，特別是吉普賽婦女，真的很多人都會算命，並且靠幫人算命維生。不過，現在想要看到他們拿著神祕的水晶球幫人算命，已經不太容易了，因為，大部分的人都改用特殊的吉普賽算命撲克牌囉！

塔羅牌是從十五世紀中期在歐洲各地流傳的占卜卡片，直到現在還是很受歡迎喔！你想知道自己的人緣好不好，討人喜歡的程度有多高嗎？那就先從下面的五張牌中選出一張自己喜歡的，再看看下一頁的解析吧！

A　B　C　D　E

塔羅占卜解析

選 A 的人得到的是皇帝牌

你在團體中是一個受人喜歡的人，可是，有時會因為你的「有點固執」，影響了你受歡迎的程度喔！

選 B 的人得到的是星星牌

你就像天上的星星一樣閃耀，也是大家眼中的風雲人物，不論走到哪裡都會受人歡迎和喜愛喔！

選 C 的人得到的是皇后牌

你是個非常獨特又很有才華的人，常常也是大家羨慕和喜愛的對象，所以要善用自己的優勢去幫助他人喔！

選 D 的人得到的是月亮牌

你有時候會讓人覺得有點「情緒化」，可能是因為別人看不透你真實的想法，所以，多表達自己的心情，讓大家更了解你吧！

選 E 的人得到的是魔術師牌

你總是有許多特別的點子，讓身邊的人感覺生活中充滿了新奇感，所以，在朋友圈中自然也是大受歡迎囉！

簡·愛
Jane Eyre

Jane Eyre

第 6 章

羅徹斯特的求婚

里德家的車夫突然來找我，還帶來一個驚人的訊息。

「約翰先生因為交了一些壞朋友，不但把身體搞壞，還欠人家錢，並且進過監獄。前不久，他自殺身亡了。」

「里德舅媽還好嗎？」我不敢相信的又追問著。

「她病了，約翰先生的死對她打擊很大。昨天早上，她說：『把簡找來……我有話要對她說。』」

「好的，我明白了，是該回去的時候了。」我回答。

五月一日下午我回到了里德家，一個小時後，我進入舅媽的房間。當初，我帶著恨意離開，現在我回來了，心中只剩下對她的同情。

我彎下身子，吻了她一下。她看了看我，問：「是簡．愛嗎？」

「是的。」

我緊緊握著她的手，沒想到她卻把手抽回去，還將臉轉開。當她再次看著我時，目光冷冰冰的，我馬上明白她還是一樣恨我、討厭我。不久，她的情緒開始變得不穩定，我們也無法好好說話，我只好離開了。

接下來的十幾天，因為舅媽身體狀況極差，我都沒有辦法好好跟她說上話。

這天下午，風雨交加，我又去她房間看她。原本昏迷的她醒了過來，看清楚是我後，緩緩的說：「我一直後悔做了兩件對不起你的事情。一件是我沒有遵照丈夫的遺言，把你像親生孩子一樣撫養長大；另一件是……你到我的梳妝臺，打開化妝盒，裡面有一封信，把它拿出來。」

我照她說的，拿出信，並將它打開。信上寫著：

夫人：

請把我的姪女簡・愛的地址告訴我，我打算盡快寫信給她，並安排她來找我。因為我沒有娶妻生子，希望能收她為養女，並在我死後，將所有的財產留給她。

約翰・愛

這封信是三年前寫的。讀完後，我問：「為什麼我從來沒有聽說過這件事？」

「因為我恨你，不願意幫你。」

「親愛的舅媽，忘了從前的一切吧！都過了八、九年了。」

「我就是無法忘記！收到這封信之後，我寫信給他，說你在學校生病死了。現在，我快死了，你可以寫信給他，揭穿我的謊言。」

「舅媽，不要再去想這些事情了。現在，我真心的希望跟你和好。親親我吧。」

我把臉湊近她的脣邊，她卻不願意親我，也不願意看我。

「那麼，隨你便好了，反正我已經寬恕你了。現在是你向上帝請求寬恕的時候。」

很快的，她陷入了昏迷，而且再也沒有醒來過。

我回到桑菲爾德後，雖然已經兩個星期了，卻一直沒聽到主人提到結婚的事，也沒有看見他做什麼準備，這讓我很疑惑。

我幾乎天天問費爾法克斯太太，事情是不是已經確定了，得到的答案總是否定的。她說，她曾問過羅徹斯特先生，打算什麼時候把白蘭琪小姐娶回家，但他只是開玩笑的回應，猜不透他在想些什麼。

有一天，我獨自來到花園散步，恰巧羅徹斯特先生也在，我原想偷偷躲開他，卻還是被發現了。

「簡，你很喜歡這裡吧？」他開口叫住我。

「是的，我愛上了桑菲爾德。」

「你對阿黛兒還有費爾法克斯太太也產生感情了，對吧？」

「是的！」

「如果與她們分別，你會難過嗎？」

「會的。」

「唉，你才剛在一個喜歡的地方停下來，現在又必須動身前往其他地方了。」

他歎了口氣說。

「我必須離開嗎？先生？」

「很抱歉，簡，我認為你的確該走了。」

這真是一個莫大的打擊，但是我還沒有被打垮。

「好的，先生，只要你發布命令，我馬上離開。」

「我今晚就會發布。」

「你的意思是，你真的要結婚了？」

「是的。你去看望里德太太前說過，只要我娶了白蘭琪小姐，你和阿黛兒最好的選擇就是離開這裡。阿黛兒去上學，你則會另外找個工作。」

「是的，先生，我會馬上登廣告……」

「不用擔心，我會幫你找工作。你願意到愛爾蘭當老師嗎？」

「那裡距離很遠。」

「和什麼地方的距離，簡？」

「英格蘭，還有桑菲爾德，還有……你，先生！」說到這裡，我的眼淚終於忍不住流了下來。

「的確很遠。一旦你去了那裡，我就再也見不到你了。我的心會流血，而你將會把我忘記。」

「永遠不會，先生，你很清楚……」我無法繼續說下去，最後忍不住哭了出來。

「因為要走了而感到難過，是嗎？」他問。

「我知道，總有一天要離開你。」

「為什麼這麼說？」

「因為白蘭琪小姐，你的新娘。」

「我的新娘！什麼新娘？我根本沒有！」

「但你將會擁有。」

「是的，我將會擁有！」

「那麼，我該走了。」

「不，你必須留下來！」

「我必須走！你以為我窮、沒有地位、長相普通，就沒有靈魂、沒有感情嗎？你錯了！我們彼此是平等的！我沒辦法留在這裡，繼續做一個對你來說可有可無的人！」

「我們本來就是平等的！」羅徹斯特先生一把將我抱在懷裡。「我愛的是你，我請求你留在我身邊。你願意嫁給我嗎？簡！」

「是真的嗎？」我一臉不敢相信的望著他。

「是的，我發誓！」

「那麼，先生，我願意做你的妻子。」我感動的說。

我將是羅徹斯特太太了，全新的生活正等待著我。但是，昨天夜裡發生的一件怪事，讓我內心感到不安，我忍不住將夢的內容告訴剛剛辦完事情回來的羅徹斯特先生，希望他能為我解開心中的疑慮。

「昨天你去小莊園辦事情不在家，夜裡，我做了不算太好的夢……醒來後，一根蠟燭立在梳妝臺上，壁櫥的門大開著，結婚禮服和面紗從衣櫃裡被拿了出來，掛在我的床前。突然，一個人影從壁櫥裡衝出來，高舉著蠟燭，仔細看著結婚禮服。那個人不是傭人，也不是費爾法克斯太太，更不是那個奇怪的葛莉絲。」我驚恐的說。

「一定是她們當中的一個。」羅徹斯特先生搖著頭說。

「不，絕對不是！那個人影，我在桑菲爾德從來沒有見過。她是一個高大的女人，一頭濃密的黑髮長長的拖在身後。她從衣架上把面紗取下來，蓋在自己的頭上，轉身對著鏡子。那一瞬間，我從鏡子的反射裡，看清楚了她的臉。她的面色蒼白，看起來很凶，還有，她那雙紅眼睛和黑色、發腫的臉，就像鬼一樣！」

「她還做了什麼？」

「她把我的面紗撕成兩半，扔在地上，還用腳用力的踩。」

「然後呢？」

「她端著蠟燭經過我的床邊，用火紅的眼睛盯著我，我當場嚇得暈了過去。先生，請你快告訴我，那個女人是誰？她究竟想要做什麼？」

「很明顯，那是你腦袋過度興奮的結果。等我們結婚後，你的心理恐懼現象就不會再發生了。」

「我倒希望是心理恐懼現象。可是，今天早上，我在地毯上發現了被撕成兩半的面紗！」

「讓我給你一個合理的解釋吧！你說的有一半是夢，有一半是真實的。我不懷疑真的有個女人進了你的房間，不過她一定是葛莉絲。她因為某種原因，故意把你的面紗撕毀。我知道你會覺得困惑，為什麼要把她留在家裡？等我們結婚一年後，我再對你說清楚，好嗎？但是現在不行。」

我想了想，決定接受他的解釋。

簡·愛
Jane Eyre

Jane Eyre

第 7 章

小黑門後的祕密

婚禮儀式開始，牧師首先解釋了婚姻的含義，接著問羅徹斯特先生：「你願意娶這個女人做你的妻子嗎？」

當他正要回答時，一個陌生的聲音從遠處傳來：「這個婚禮無效，因為羅徹斯特先生結過婚了。」

我望著羅徹斯特先生，他的臉一片慘白。

「你是誰？」他問那個說話的人。

「我是一名律師。」說完，律師隨即從口袋裡掏出一張文件，念著：「我聲明並證實，十五年前，羅徹斯特與我的姊姊柏莎・梅森，在牙買加的西班牙鎮結為夫妻。婚禮的記錄可以參見教堂的登記簿，其中一份就在我的手裡。理查・梅森簽字證明。」

「如果這份文件是真的，也只能證明我結過婚，不能證明我的妻子還活著。」羅徹斯特不服的說。

「三個月前她還活著。」律師回答。

「你怎麼知道？」

「我有一位證人。梅森先生，請到前面來。」

羅徹斯特先生聽到這個名字的時候，全身顫抖了起來。

接著，一張蒼白的臉出現在律師的身後，是的，那正是梅森。

羅徹斯特先生對著梅森大吼：「你到底想說什麼？」

「你的妻子就在桑菲爾德，今年四月我還在那裡見過她，我是她的弟弟。」

「怎麼可能？我是當地人，從來沒有聽說桑菲爾德有一位羅徹斯特太太。」牧師一臉訝異的說。

羅徹斯特先生臉上浮現出一抹詭異的笑，說：「沒錯！是我刻意保密，不讓任何人知道這件事。現在，就讓一切都真相大白吧！這位律師和他的客戶講的都是實話。是的，我結過婚，而且那個和我結婚的女人還活在世上。

牧師，你說你是本地人，卻從來沒有聽說過羅徹斯特太太，但是，你應該聽過有一個被關在某個房間裡的神祕瘋子吧！她就是我十五年前娶的妻子。

她出生在一個瘋子世家，家族裡連續三代都有精神病患者，這一切都是我和她結婚後才知道的。柏莎是個怎樣的女人啊！我邀請你們到我家走一趟。」

說完，他拉著我的手離開教堂，三位先生則跟在後面。

回到家，我們上了三樓，羅徹斯特先生用鑰匙打開一扇低矮的小黑門，房內有一張大床及一個櫃子。

「你應該知道這個地方，梅森。她在這裡咬了你、刺傷了你。」羅徹斯特先生說。

他掀起牆上的帷帳，頓時露出了一扇門，他將它打開，裡面是一個沒有窗戶的房間，葛莉絲・普爾正彎著腰，面對火爐在做吃的。

房間另一頭的暗處，好像有什麼東西在來回的跑動，分不清楚那是人還是野獸。

「早，普爾太太，你照顧的人今天怎麼樣？」羅徹斯特先生問。

「還好，她還是一直想咬人。」

就在這個時候，那個人發出了一聲凶惡的吼叫。

「哎呀！先生，她看見你了。」葛莉絲大喊。

「她現在手裡沒有刀子吧？」

「沒人清楚她手裡到底有什麼。當心！」正說著，葛莉絲突然大叫起來。

三位先生同時向後退，羅徹斯特先生馬上把我推到他的身後。

只見那瘋子猛撲過來，狠狠的掐住羅徹斯特先生的脖子。她力量很大，不只一次差點把她的丈夫掐到斷氣。

其實，羅徹斯特先生可以一拳打昏她，但是他不願意這樣做。最後，他用繩子將她綁在椅子上。

之後，他轉頭對三位先生說：「這就是我的妻子！你們可以審判我了。現在，你們走吧，我要把我捕獲的獵物關起來。」

我們下樓的時候，律師對我說：「小姐，梅森先生回去後，會把整件事都告訴你的叔叔。」

「我的叔叔！他怎麼樣了？你認識他？」

「認識他的是梅森先生。你叔叔接到你的信，知道你要與羅徹斯特先生結婚，當時梅森剛好在場，便把真相告訴了他。可是你叔叔病得很重，沒辦法親自到英國來，只好請求梅森先生阻止這樁婚姻。之後，梅森先生又找上我幫忙。感謝上帝，我們總算成功阻止了你們的婚事。」

梅森和律師沒有和羅徹斯特先生道別便走出了大廳，牧師也跟著離開，我則把自己關在房間裡。

我的希望全部破滅了。羅徹斯特先生不再是過去的那個人，絕對忠誠的特質已經遠離他，我必須離開他。

「簡，我不是故意要傷害你的，你能原諒我嗎？」羅徹斯特先生痛苦的說。

雖然我已經原諒他，但我覺得還是離開比較好。「先生，一切都變了，我也必須改變。阿黛兒更需要一個新的家庭教師。」

「這一點我早已安排好，我會送她去學校，另外，我每年還會付給普爾太太兩百英鎊，讓她繼續照顧我的妻子。然後，我們搬到一個安靜、安全的地方，沒有人會打擾我們。在那裡，我們將把過去忘掉。」

「不！」我堅定的說。

「什麼意思，簡？你不愛我了嗎？你在意的難道只是羅徹斯特太太這個名分嗎？你認為我沒有資格做你的丈夫了？」

「我愛你，但是我必須離開你。永遠離開，去一個陌生的環境開始新生活。」

「不！你的確應該過一種全新的生活，但是你不能離開我。只要我還活著，我也永遠不離開你。」

「你的妻子還活著，我要是和你在一起，就成了你的情婦了。」

「簡，我相信，你要是知道了事情的真相，一定不會離開我的！你願意聽嗎？」

「我願意，先生。」

「我有一個哥哥和一個愛錢如命的父親，因為，要他把財產分給我們兩兄弟，他完全無法忍受，於是，他決定把全部財產留給我的哥哥，再幫我找個有錢人家的女兒，讓我跟她結婚。

大學一畢業，我就被送到牙買加，娶了柏莎・梅森。她非常漂亮，在她親戚的鼓勵，以及競爭者的刺激下，我以為自己愛上了她，其實，我沒有真正愛過她。

後來我才知道，她媽媽是個瘋子和酒鬼。他們家的情況，我父親和哥哥都知道，可是他們卻為了錢，一起騙了我。

過了幾年，我的父親與哥哥相繼過世，醫生也宣布柏莎精神錯亂，她被關了起來。那時候我很痛苦，但是有個聲音一直告訴我，『回到歐洲去吧！那裡沒有人知道這件事。把瘋子帶到英國去，把她關在桑菲爾德，以適當的方式照料她，然後你就可以去任何一個地方，按照自己的意願生活。』於是，我帶著柏莎回到了桑菲爾德。看著她進入三樓的那個房間，我一下子覺得輕鬆了起來。

我還從精神病院雇來了葛莉絲，這個祕密只有她和外科醫生知道。她和我的妻子在那間屋子裡待了十年。」

說到這裡，羅徹斯特先生幾乎以哀求的口吻說：「簡，遇見你之前，我生命中的一半時間是在極度的痛苦中，另一半時間是在無聊的寂寞中。我現在只請求你說一句：『我願意成為你的妻子，羅徹斯特先生。』」

「不，我不能，也不願意成為你的妻子。」

時間彷彿靜止不動了，世界陷入沉默之中。

「所以，從此我們就要各走各的路？」羅徹斯特先生打破沉默。

「是的。」我向門口走去。

「簡，你真的要離開我嗎？」

「是的。」

「好，那你走吧！」他痛苦的轉過身，趴在沙發上。

在離開他的時候，我的心泣訴著：「別了！永別了！」

牙買加

趣味知識加油站

柏莎・梅森的故事

羅徹斯特的妻子柏莎・梅森，被形容成一個可怕、凶惡、充滿暴力的瘋女人。但是，你知道嗎？有一位名叫珍・瑞絲的女作家，認為《簡愛》小說中對柏莎・梅森的過去描述得不多，而且有許多疑點，所以她又寫了一本叫《夢迴藻海》的小說，之後還被大家視為《簡愛》的前傳。

《夢迴藻海》的故事發生在牙買加，詳細描述了柏莎・梅森在嫁給羅徹斯特前後所發生的愛恨情仇。如果有興趣，可以找來閱讀，看看珍・瑞絲筆下的柏莎・梅森是一個怎麼樣的人，以及她為什麼會發瘋。

簡·愛

Jane Eyre

Jane Eyre

第 8 章

開始新生活

兩天後，我來到一個叫威特克羅斯的地方。

我身上沒有錢，行李也遺忘在馬車上。我知道必須趕快找到工作，但是，不管怎麼詢問都沒有結果。

接連兩天的乞食和露宿野外，讓我覺得自己快要死了。這時，我看見遠處出現了一點微弱的光。我用盡力氣，朝著亮光處走去，來到一棟屋子前。

屋內，一位老婦人正藉著燭光在織襪子。火爐旁，坐著兩個優雅的年輕女孩。

這裡是我最後的希望，我敲了敲門，前來開門的是老婦人。

「我可以在這裡留宿一個晚上嗎？隨便睡哪裡都行。我還想要一點麵包。」我鼓起勇氣開口。

「我可以給你一片麵包，可是讓一個流浪者住在家裡，不可能。」

「你現在把我趕走，我一定會死的。」我再次懇求。

「你不會的。」說完，老婦人便把門關上。

這時的我一步也走不動了，我倒在門前的臺階上，傷心的哭著。突然，我感覺到身旁有一個人正在重重敲著門。

「是你嗎？聖約翰先生。」屋內的老婦人高聲詢問。

「是的，快開門。」

「進來吧！你的妹妹都在擔心你呢！剛才有個女人來要飯，你看，她就躺在那裡！」

「漢娜！剛才你趕她走，已經盡了你的職責，現在，我讓她進來是盡我的職責。女孩，起來進屋去吧。」

聖約翰先生收留了我。

後來我才知道，這棟房子叫做「沼屋」。聖約翰・利弗斯先生是一位牧師，他大多數時間都住在摩爾頓，只有偶而會來這裡住一陣子；他的兩個妹妹分別是戴安娜和瑪麗，三人的母親幾年前去世了，父親在兩個星期前也過世了。

幾天後，我恢復了體力與精神，戴安娜和瑪麗看見我康復了也很高興。

「把你朋友的地址告訴我，我會寫信給他們，到時候你就可以回家了。」聖約翰先生對我說。

「我沒有家，也沒有朋友。」

「那麼，在來這裡之前，你住在哪裡？」他問。

「那是我的祕密。」我簡短的回答。

「如果對你一無所知，我就無法幫助你了。」

「先生……我希望能找一份工作，讓我可以養活自己。」

「你能做什麼工作？」

「我在羅沃德慈善學校當了六年學生和兩年教師，離開學校之後，又做了一年家庭教師，直到幾天前我被迫離開那裡。絕望的時候，謝謝你收留了我，我欠你們太多了。」

「你說，你名叫簡・艾略特？」

「我承認，這不是我的真名。」

「你不願意告訴我們你的真名？」

「我怕別人會發現我是誰。」

「你希望獨立生活、養活自己，是嗎？」

「是的。不過，在我找到工作前，請讓我住在這兒吧！」我哀求著。

「你當然可以住在這裡。」戴安娜邊說邊撫摸著我的頭。

「你一定要住在這裡！」瑪麗真誠的說。

「看來，我的兩個妹妹都很樂意收留你，但我更希望你能養活自己。我會盡全力幫助你的。」

我和戴安娜、瑪麗逐漸建立起了真摯的友誼，但是和聖約翰先生依然保持著距離，因為他很少待在家裡，大部分時間都在探訪病人和窮人。

很快的，一個月過去了，戴安娜和瑪麗不久後就要離開，一起到英國南方的大都市當家庭教師。她們走了之後，聖約翰先生也要帶著漢娜回摩爾頓。

一天早上，我鼓起勇氣向聖約翰先生詢問幫我找工作的事。不等我開口，他就主動說：「兩年前，我為男孩們創辦了一所學校，現在，也打算為女孩們辦一所。我已經租下一間房子當作教室，還租了有兩個房間的房子，供一位女教師居住。多虧奧立佛小姐的好意，那兩間房子都布置好了。奧立佛小姐是針廠和鑄造廠老闆奧立佛先生的獨生女兒，也是我的教區裡唯一的有錢人。你願意做這個女教師嗎？」

得知我將有一份工作，我毫不猶豫且真誠的接受了。

之後的某一天，聖約翰先生一邊讀信一邊走進屋，對兩個妹妹說：「約翰舅舅去世了。」

姊妹倆看完信後，三個人對望著，苦笑了起來。接著，聖約翰先生又出去了。屋子裡沉默了好幾分鐘，戴安娜才開口對我說：「簡，你也許會以為我們心腸太狠，聽到舅舅的死訊竟然不悲傷。事實是，當年，我的父親聽信他的話，把大部分的財產拿去做投機生意，結果卻破產了。他們吵了一架後，再也沒有見過面。之後，舅舅的生意越做越好，賺了不少錢。沒有結婚的他，剩下的近親只有我們三兄妹和另外一個人，而那個人跟他的血緣關係也不見得比我們更近。我的父親一直認為，為了彌補當年犯下的過錯，舅舅會把財產留給我們，可是，那封信卻告訴我們，他把全部的財產都留給了另外那個人。」

戴安娜解釋完之後，誰也沒有再提起這個話題。

不久，學校開學了，我開始了新的工作。

聖約翰先生來看我，問：「第一天的工作還順利嗎？」

「比想像中還要好。」

「太好了！當我們無法踏上想要的道路時，只需要找一條新的道路。一年前，我曾經非常痛苦，以為選擇當牧師是個錯誤，掙扎了三個月後，我決定做一名傳教士。從那時候起，已經沒有什麼能夠限制我了，之後，我會離開歐洲到東方去傳教。」他對我說。

「晚安，利弗斯先生。」這時，一個悅耳的聲音傳來，說話的是一位美麗的女孩。「爸爸告訴我，你的學校開學了，女教師已經來了，這就是那位教師吧？」

「是的。」

「學校和你的小屋是我布置的，你喜歡嗎？」女孩對我說。

「很喜歡。」

我想，眼前這位漂亮的女孩，應該就是奧立佛小姐了。

「爸爸說，你好久沒來看我們，今晚他一個人在家，你願意和我一起去看看他嗎？」奧立佛小姐微笑著問聖約翰先生。

「這個時候去打擾，我想不太合適。」

「他正需要有人作伴。走吧！」

「今晚不去了，奧立佛小姐。改天吧。」

聖約翰先生淡淡的回應著，只有他自己才知道，要拒絕這麼漂亮的女孩，內心是多麼的掙扎。

「好吧，那我走了。晚安！」

「晚安！」他低聲的說，聲音很冷漠，沒有絲毫感情。

跟奧立佛小姐漸漸熟悉後，我發現她沒有利弗斯兩姊妹那麼有內涵，不過我還是很喜歡她，並且答應幫她畫一張肖像畫。

這天，我正在作畫時，聖約翰先生來了。他仔細看了畫像後，說：「你畫的是奧立佛小姐嗎？她真美，你畫得真好。」

「奧立佛小姐很喜歡你，你應該娶她。」我很直接的說。

「我承認我愛她，但是理智告訴我，她並不適合我，她不會成為我的好妻子。」聖約翰先生也很直接的回答。

「我不懂。」

「你想想，奧立佛小姐吃得了苦嗎？她會心甘情願做一個傳教士的妻子嗎？不會！」

「你可以不做傳教士。」

「那是我的使命，是我存在的全部意義！」

「那麼，奧立佛小姐該怎麼辦呢？」

「她身邊有很多人都喜歡她，相信她很快就會把我忘記。對我來說，只有上帝的愛才有永恆的吸引力，我欣賞的是勤勞、忍耐、堅毅和才能，只有透過這些，才能實現偉大的目標。我觀察過你，發現你是這樣的人。」聖約翰先生說。

我畫畫時習慣在握著畫筆的手下墊一張薄紙，以免把畫弄髒，這時，他的目光突然被那張紙吸引住了。

聖約翰先生拿起那張紙，仔細看著，又望了我一眼，似乎想說什麼，但是最後什麼也沒有說。

接著，他從邊上撕下一條細長的紙條，放進手套裡，便匆忙走了。

等他走後，我仔細看了看那張紙，上面除了有幾處被顏料弄髒，什麼也沒有。他為什麼會有那麼奇怪的表情呢？我想了一、兩分鐘，完全沒有答案，很快的就把這件事忘了。

好好玩心理測驗

你是個能忍受挫折的人嗎？

你是不是像簡・愛一樣，即使遭遇了許多挫折，依然能繼續勇敢向前呢？
遇到挫折時，你是選擇逃避還是勇敢面對？
這個測驗可以了解你忍受挫折的程度喔！

Q1 一年四季中，你最不喜歡哪一個季節？

☐ A 春　☐ B 夏　☐ C 秋　☐ D 冬

Q2 你在住家附近撿到一張風景明信片，你覺得，這張明信片上沒有的是？

☐ A 太陽
☐ B 海灘
☐ C 森林
☐ D 都市

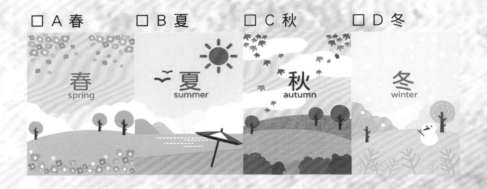

Q3 走在街上，突然聞到一股味道從一間商店飄出，你覺得會是哪一種？

☐ A 淡雅的花香

☐ B 浪漫又芬芳的香水味

☐ C 剛剛出爐的誘人麵包香

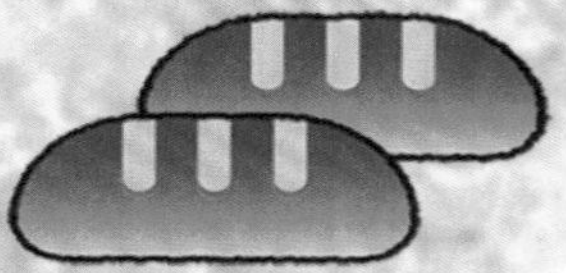

☐ D 令人飢腸轆轆的烤肉香

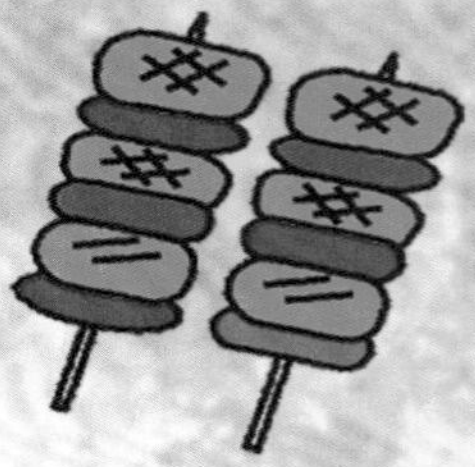

Q4 你覺得，下面哪一樣是最尖銳的東西？

☐ A 縫衣針

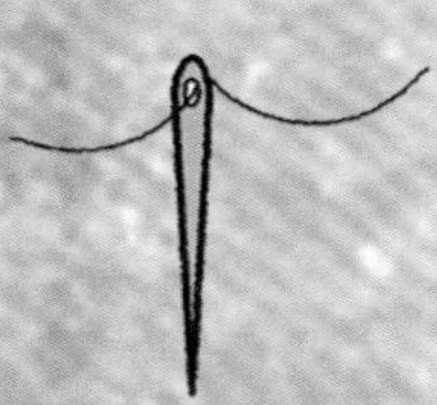

☐ B 竹葉

☐ C 魚骨頭

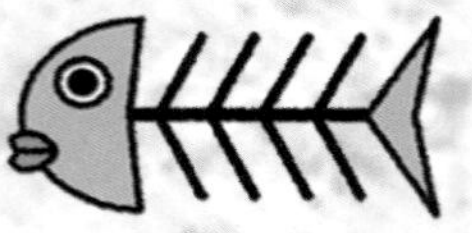

☐ D 牛角

Q5 回家時看見桌上有個不透明的瓶子，你覺得瓶子裡會是什麼？

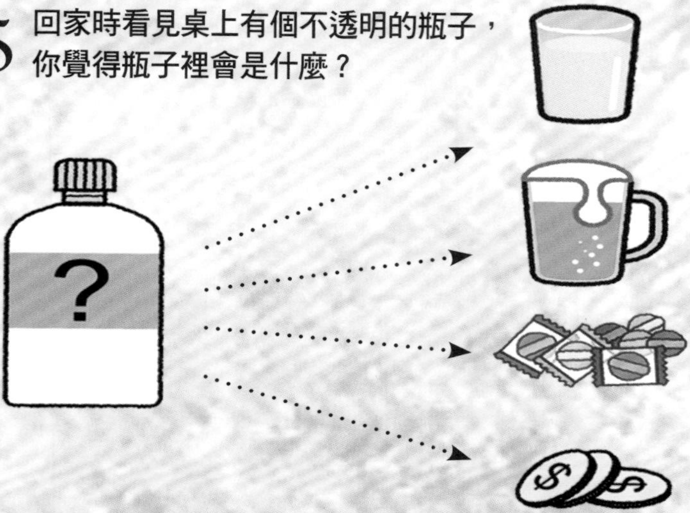

☐ A 水

☐ B 酒

☐ C 糖

☐ D 錢

Q6 你最討厭以下哪一種形狀？

☐ A 三角形　☐ B 正方形　☐ C 波浪形　☐ D 圓形

＊將你勾選的答案對照表格中的得分，再記下總分吧！

	A	B	C	D
Q1	2	1	4	3
Q2	1	3	4	2
Q3	3	2	4	1
Q4	1	2	3	4
Q5	4	3	1	2
Q6	4	2	3	1

你的總分是 ________ 分

是不是超想知道自己忍受挫折的程度有呢？快翻到下一頁看解析吧！

解析

總分6~8分

你可以忍受挫折的程度只有40%

碰到挫折時，你經常會出現負面情緒。建議你，有時間就多參與戶外活動，多接近大自然，讓身體、心理都好好放鬆一下。

總分9~11分

你可以忍受挫折的程度是55%

碰到挫折時，你就會想要躲起來，躲到幻想的世界裡。建議你，以正面的態度來面對一切，好運絕對會陸續到來的唷！

總分12~15分

你可以忍受挫折的程度是60%

碰到挫折時，你千萬不要什麼都不說，小心時間一長，忍耐度會漸漸變低喔！建議你多找師長、朋友聊一聊，心情就會比較好喔！

總分16~18分

你可以忍受挫折的程度是75%

你很幸運，遇到挫折時，經常會有人出面幫你。當然，你也懂得思考、解決問題，並且克服負面情緒。所以，你面對挫折的能力不低，甚至漸漸提高中呢！

總分19~21分

你可以忍受挫折的程度是85%

挫折來臨時，你一點也不會慌張，因為你相信自己絕對能將問題解決。你總是會想盡辦法，全力以赴的去面對和處理問題，讓事情能夠完美落幕。

總分22~24分

你可以忍受挫折的程度是95%

你了解到人的一生不可能都一帆風順，所以，每當遇到挫折時，你總是可以保持心情平靜，並且竭盡所能的找出解決方法。

簡・愛

Jane Eyre

Jane Eyre

第9章

不再孤單

第二天晚上，大雪紛飛中，聖約翰先生突然跑來找我。

「發生什麼事了嗎？」我吃驚的問。

「沒有，我只是想跟你說一個故事。二十年前，一個窮牧師愛上一個富家女，富家女不顧家人反對，和他結了婚。兩年後，他們雙雙去世了，還留下一個女兒，交由她的舅母里德太太撫養。十年後，她被送到羅沃德學校，跟你一樣，先是做學生，之後當了教師。再後來，她離開學校去當家庭教師，教一個由羅徹斯特先生收養的孩子。」

「利弗斯先生！」我感到有些喘不過氣來，想打斷他。

「我的故事快說完了。羅徹斯特先生想要娶她為妻，就在他們步入教堂的時候，她才知道他已有一個發瘋的妻子。事情發生後，那位家庭教師悄悄離開了桑菲爾德，沒有人知道她去了哪裡，羅徹斯特先生怎麼找都找不到她。現在，所有的報紙都刊登了尋人啟事，我也收到一位律師的來信。」

「告訴我，羅徹斯特先生現在怎麼樣了？」我急切的問。

「我不知道！律師只提到，寫信給他的是一位費爾法克斯太太。你不想知道那個家庭教師叫什麼名字嗎？還有，為什麼有律師急著要找到她？讓我來告訴你吧！她的名字在這裡，白紙黑字寫得清清楚楚。」

說完，他掏出皮夾，從裡面拿出一張細長的紙條——正是從我畫畫時墊在手下的那張薄紙上撕下來的。

他把紙條送到我的眼前，上面有我用黑墨水寫的——簡・愛。

「那位律師在信中提到的家庭教師名叫簡・愛，報紙上的幾個尋人啟事也是要找一個名叫簡・愛的人，而我恰好認識一個名叫簡・艾略特的人。所以，我產生了懷疑，而且直到昨天才得到證實。現在，你承認自己就是簡・愛嗎？」

「是的。」

「那位律師急著找你，是為了要告訴你，你的叔叔去世了，他把所有的財產——兩萬英鎊都留給你了。」

「去世了？兩萬英鎊？」

聽到這個消息，我嚴肅的思考著，我在世上唯一的親人去世了，我永遠見不到

簡愛

他了。如今就算有錢了，我仍然是孤單一個人。不過，這麼一來，我以後再也不用依靠別人生活了，這讓我安心不少。

「對了，你和那位律師是怎麼認識的？」我好奇的問。

「我是個牧師。人們有什麼事，通常都會問牧師。」

「只是這樣嗎？我不相信。」

「好吧，反正你早晚都會知道。也許你沒注意，我的名字中有一個字和你的姓相同吧？我受洗時的名字叫聖約翰・愛・利弗斯。」

「是嗎？我還真的沒注意到！但是，它跟這件事有什麼關係呢？」

「我的母親姓愛，她有兩個弟弟，一個是牧師，娶了簡・里德小姐。另一個是商人，名叫約翰・愛。之前，律師寫信告訴我們，約翰舅舅去世了，還把全部財產留給了他那位牧師哥哥的孤女。他沒有留給我們任何財產是因為，我的父親和他吵架後一直沒有和好。幾個星期前，律師又寫信來說，那個女繼承人失蹤了，並且問我們是否有她的消息。後來，我又在一張薄紙上發現了一個隨手寫下的名字，之後的情況你全都知道了。」

突然，我懂了。

「那麼，你們是我的表哥和表姊？」

「是的。」

老天，上帝對我太好了，我竟然一下子有了哥哥和姊姊！

「你明天就寫信給戴安娜和瑪麗，請她們馬上回家，我們一起平分這兩萬英鎊，每個人五千英鎊。」我對聖約翰說。

「你先冷靜一下！」

「我們每人五千英鎊，這很公平。如果兩萬英鎊全部給我，我會很痛苦。請你別反對，事情就這樣決定了吧！」

「你現在這麼說是因為，你不知道有錢是怎麼一回事。」聖約翰勸阻我。

「你也不懂我多想擁有一個家，多想得到親人的愛！要我拿著不是靠自己賺來、也不是我應得的錢，過著富有的生活，而你們卻在受苦！我做不到！」

「那學校怎麼辦呢？是不是要關門了？」

「在你找到接替的人之前，我會一直教下去。」

由於我堅持平分約翰叔叔的遺產，而且他們也知道，換成是他們，他們也會像我這麼做，最後，利弗斯兄妹三人讓步了。我們很快簽署了相關的法律文件，每個人分得五千英鎊。

有一天，聖約翰對我說：「簡，你的生活有什麼新的目標嗎？我希望你能把眼光放得更遠些，不要只看到沼屋、摩爾頓、兄弟姊妹間的親情，以及享樂。」

我驚訝的看著他，問：「你為什麼忽然跟我說這些？」

「上帝給了你不凡的才華，是要你好好利用它，我建議你，把熱情投入到合適的事業吧！」

一個星期後，戴安娜和瑪麗回到沼屋，我們開心的談天說地。聖約翰則和往常一樣，每天都出門探訪教區裡那些貧苦和生病的人。

現在我終於明白，他做傳教士是完全正確的選擇。

一天早晨，吃早餐的時候，戴安娜問聖約翰：「你的計畫還是沒有任何改變嗎？」

「沒有。我打算明年就到印度去傳教。」

「奧立佛小姐怎麼辦？」瑪麗脫口而出。

「她快要結婚了。現在，我已經沒有任何顧慮，我的人生目標明確，道路清楚的展現在我面前。感謝上帝！」

我正在閱讀，聖約翰走上前問我：「簡，你在做什麼？」

「學德語。」

「丟開你的德語，跟我學印度斯坦語。」

「你隨便說說的吧？」

「我是認真的！」

聖約翰說，他正在學印度斯坦語，可是，隨著學習越深入，他很可能把前面學的都忘了，如果我做他的學生，他就可以不斷複習，牢牢記住了。

我想了想，覺得可以幫他這個忙，畢竟，三個月後他就要離開英國了。

沒想到，這卻讓我陷入憂鬱當中，因為，聖約翰除了對我的要求很高，他也會控制我。

另一方面，我一直沒有忘記羅徹斯特先生，每天夜裡都會想起他，時時刻刻都希望能得到他的消息……

某天早晨，聖約翰邀我去散步，我們稍作休息時，他突然開口：「我六週後就要前往印度，船票已經訂好了。」

「上帝會保佑你的。」

「簡，跟我到印度去吧！上帝要你成為傳教士的妻子，為祂工作。」

「不，我不適合。我不了解傳教士的工作，也不能理解他們的生活。」我很驚訝，連忙拒絕。

「從我們第一次見面到現在有十個月了，我一直在觀察你，你讓我看到了服從、刻苦、頑強和旺盛的精力，這些正是我需要的。」

然而，我的理智告訴我，夫妻應該真心相愛，而我們並不相愛，我不能忍受一個沒有愛的婚姻！

「聖約翰，去找一個適合你的人吧！」

「不！你再好好考慮一下，好嗎？」

這次的對談令聖約翰感到失望和不滿，接下來的幾天，我們相處得不是很愉快。

於是我決定找他談談，重拾友誼。

「聖約翰，讓我們做朋友吧！我真的不能成為你的妻子。再說，有一件事在我心中一直是個痛苦的謎團，我必須解開它。」

「你打算去找羅徹斯特先生？」

聖約翰猜對了。

「是，我一定要清楚的知道他現在怎麼樣了。」

「好吧！我原本以為你是上帝的選民，但是我錯了。就按照上帝的旨意吧！」

簡·愛

Jane Eyre

Jane Eyre

第10章

重逢

我決定回桑菲爾德查訪羅徹斯特的消息。

可是，當我花了近兩天的時間到達桑菲爾德後，看見的卻是一片焦黑的廢墟！四周寂靜無聲，非常荒涼。

桑菲爾德被大火燒光了！火是怎麼燒起來的呢？有人因此喪命嗎？我十分驚慌，急於得到答案。

或許，我住宿的旅店老闆會知道一些什麼，於是我趕忙回去向他打探消息。

「桑菲爾德發生什麼事了？」我問。

「去年發生了一場可怕的火災，結果那裡被燒得乾乾淨淨。火是深夜燒起來的。」

「深夜！火是怎麼燒起來的？」

「你不知道吧？桑菲爾德裡養著一個神祕的女瘋子，她被關在裡面好多年，還是羅徹斯特先生的妻子呢！這件事會傳開來，聽說是因為一位年輕的家庭女教師，羅徹斯特先生愛上了那位教師……」

「火災是怎麼發生的？羅徹斯特太太與這場火災有關嗎？」我打斷了他的話。

「你猜對了！有位普爾太太負責照顧她，她很能幹也很可靠，只不過喜歡喝酒，每次喝了酒就會呼呼大睡。這時，那位瘋太太就會偷她的鑰匙溜出去。發生大火的那天夜裡，她先是點燃自己隔壁的房間，又跑到二樓那位家庭教師的臥室，把床點燃。幸好那位家庭教師兩個月前就離開了。

唉，她走了以後，羅徹斯特先生到處找她，但一直沒有任何消息，而他也變得暴躁又孤僻。後來，他給了管家費爾法克斯太太一筆養老金，並把她安排到一個遠房親戚家，又將阿黛兒小姐送到學校去。羅徹斯特先生則整天關在屋子裡，和所有朋友都不再往來。」

「發生火災的時候，羅徹斯特先生在家嗎？」

「他在家！房子燒起來的時候，他跑到頂樓將僕人叫醒，並保護他們下樓，然後，他又回去救他的瘋太太。那時，人們在樓下大聲告訴他，她在屋頂上。我親眼看見羅徹斯特先生從天窗爬上去，嘴裡邊喊著『柏莎』邊慢慢接近她。突然，她叫喊著往下跳，死了。」

「還有其他人在大火中死去嗎？」

「沒有。死了也許更好吧。可憐的羅徹斯特先生！」老闆悲傷的說。

「他怎麼了？」我激動的問。

「他瞎了！什麼也看不見了！」

「他是怎麼瞎的呢？」

「他太太從屋頂上跳下來後，他才急忙的從樓上下來，可惜太遲了！一聲巨響，房子整個坍塌。當大家把他從廢墟中救出來的時候，他已經傷得很嚴重；幸好一根掉落的大梁護住了他，他才保住一命。不過，他有一隻眼珠被砸得爆了出來，還有一隻手被壓得粉碎，只能鋸掉。後來，他的另一隻眼睛也因為發炎，很快就看不見了。唉，現在他是又瞎又殘啊！」

「他現在在哪裡？和誰住在一起？」

「在芬丁莊園，一個荒涼又偏僻的地方，只有僕人老約翰和他的妻子瑪麗陪著他。」

天快黑的時候，我朝著芬丁莊園走去。

我走近屋子時，正巧見到前門慢慢被打開，一個人影從裡面走出來，伸出手，仰起臉，好像在確認有沒有下雨。

我認出了他，是羅徹斯特！

他沒有看見我。唉！他當然看不見我。

他的神情看起來絕望又憂傷，過了一會兒，他又默默的進到屋裡去。

我走上前去敲了敲門，開門的是約翰的妻子。

「瑪麗，你好嗎？」

她嚇了一跳。

「真的是你嗎？小姐，你怎麼找到這裡的？」

我跟她走進了廚房，約翰正坐在爐火旁。我簡單的向他們解釋，我已經知道桑菲爾德發生的事情，這時，起居室的喚人鈴響起了。

「請告訴你的主人，有人想見他，但不要說是誰。」我對瑪麗說。

瑪麗點點頭後離開。很快的，她就回來了。

「他怎麼說？」我問。

「主人要你通報姓名和來意。」說完，她倒了一杯水，連同幾根蠟燭一起放在托盤裡。

「他只要這些東西嗎？」

「是的。他雖然什麼也看不見了，每到天黑總要點亮蠟燭。」

「把托盤給我，我送進去。」

我接過托盤，往起居室走去。房間裡陰沉沉的，羅徹斯特先生俯身對著爐火，派洛特則躺在一旁。

我一走進起居室，派洛特就叫著朝我奔過來。

「躺下！」我輕聲的說。

「把水給我吧，瑪麗。」羅徹斯特先生吩咐。

我端著水向他走去，說：「瑪麗在廚房。」

「你是誰？回答我！」他大聲命令著。

「派洛特認識我，我今晚剛到。」

「上帝啊！這是幻覺嗎？我看不見，但是我一定要摸摸你，要不然我的心跳都要停止了。」

我將他揮舞在空中的手握在手裡，接著，他掙脫了我的手，抓住我，把我緊緊的摟進懷中。

「這是簡嗎？是簡嗎？她的人，還有她的聲音、她的心。」

「是的，她整個人都在這裡，真高興又離你這麼近了，先生。」我說。

「簡・愛！簡・愛！」他一直反覆說著。

「我終於找到你了，我再也不離開你，我會永遠守候在你身邊。」我回應他。

「真的是簡嗎？你回到我身邊了？你沒有倒臥在路邊？沒有成為流落他鄉的可憐人？」

「沒有，我很好。我的叔叔去世了，他留給了我五千英鎊的遺產。」

「什麼？簡！你有錢了？」他不可置信的說。

「嗯，很有錢。要是你不願意讓我和你住在一起，我可以在你的房子旁邊建一棟房子，當你晚上需要人陪伴的時候，我可以過來和你聊天。」

「你有錢了，你的朋友一定不會讓你和我這個又瞎又殘的人在一起吧？」

「我是個獨立自主的人，自己的事自己做主。我會一直陪著你、照顧你，只要我活著，你再也不會感到孤單和寂寞了。」

「你還年輕，總有一天你會結婚的。」

「我才不去想結婚的事呢！」

我知道他擔心的是什麼，我現在唯一的願望就是竭盡所能讓他高興，我不會再離開他了。

第二天，我陪著他去樹林裡散步，並述說自己這一年來的遭遇。過程中，聖約翰的名字時常出現，因此我一說完，他馬上就開始提問了。

「聖約翰是你的表哥吧？你很喜歡他嗎？」

「是啊！我喜歡他，他舉止優雅、英俊瀟灑，是個很好的人。」

「他那麼好，而我又瞎又殘。簡，離開我吧！去和你的丈夫在一起。」

我很清楚他是在嫉妒。

「我的丈夫？是誰啊？」

「就是那位聖約翰先生。」

「不，我不愛他。我愛的是你！我的心都是你的。」

「這是真的嗎？簡，你願意嫁給我嗎？」

「是的，先生。」

我和羅徹斯特結婚了。結婚兩年後的一天早上，他告訴我，這段時間以來，他感覺有一隻眼睛不再那麼霧濛濛了。這個消息令我驚喜萬分。

我們一起去了倫敦求助一位著名的眼科醫生，終於，他的一隻眼睛重見光明了。之後我們有了孩子，一家人快樂、幸福的生活著。

防災小錦囊

火災知識要牢記

羅徹斯特先生的家，疑似被自己的太太放火燒了，他也變得又瞎又殘。可見，火災真的是很可怕。那麼，萬一遇上火災，我們該怎麼辦呢？這時候，我們必須做的是——

☆保持冷靜。
☆撥打一一九報案（一定要說明詳細的地點）。
☆大聲通知鄰居有火災發生。
☆不要因為想搶救財物，而耽誤了逃生時間。
☆如果門把很燙，千萬別開門，最好想辦法找其他的逃離方式。
☆逃離火災現場後，記得關門，不讓火勢蔓延。
☆千萬不要在火災現場圍觀。

除了這些，關於預防和遇到火災時的小知識還有不少，建議大家到消防局官方網站查詢，並牢記在心喔！

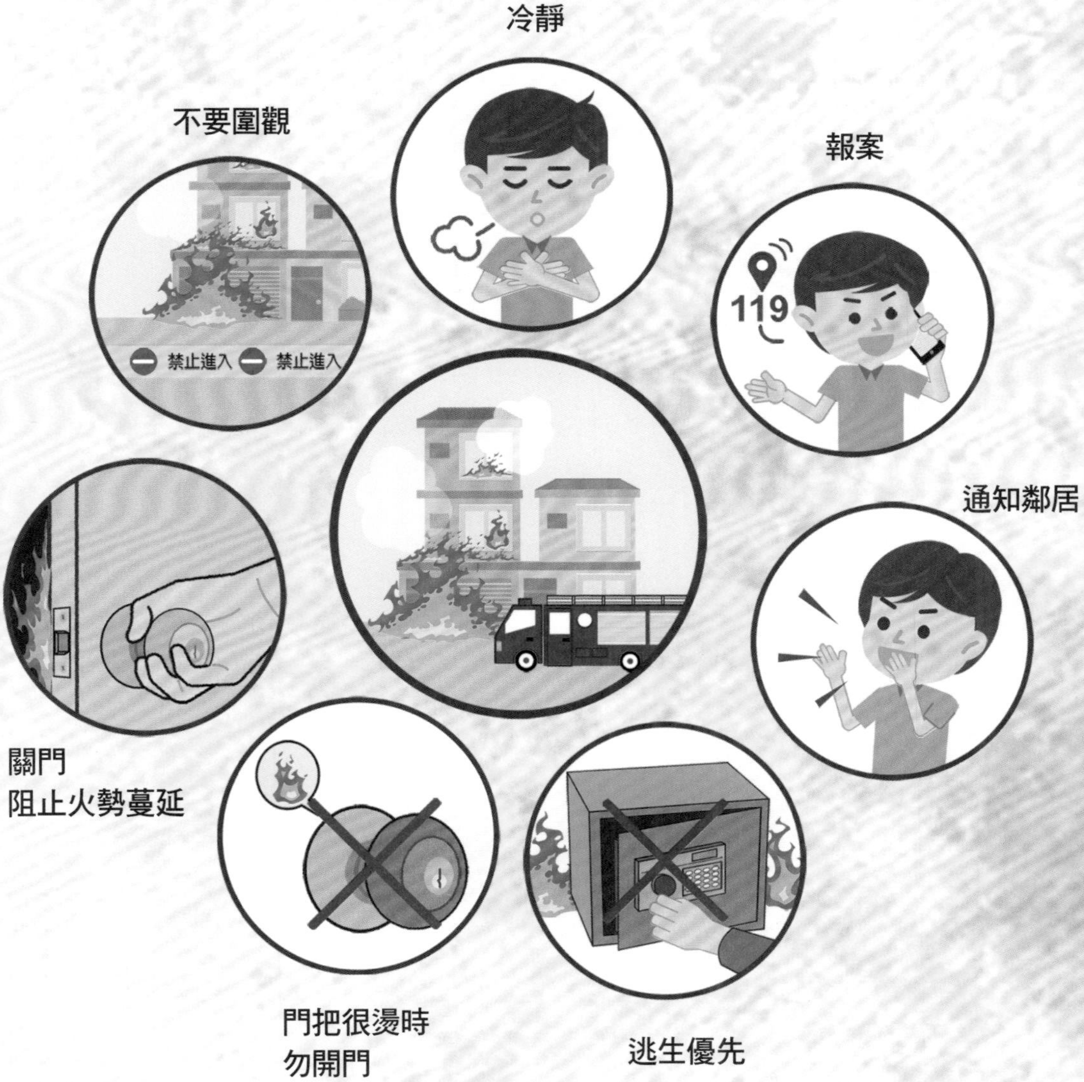
冷靜
不要圍觀
禁止進入
禁止進入
報案
119
通知鄰居
關門
阻止火勢蔓延
門把很燙時
勿開門
逃生優先

國家圖書館出版品預行編目 (CIP) 資料

簡愛 / 夏綠蒂 . 勃朗特 (Charlotte Bronte) 原著；
晴天金桔編著；雷夢插畫 . -- 初版 . -- 新北市：
悅樂文化館出版：悅智文化事業有限公司發行，
2022.06
160 面；17X23 公分 . -- (珍愛名著選；10)
譯自 : Jane Eyre

ISBN 978-986-98796-3-7(平裝)

873.596　　111005051

珍愛名著選 10

簡愛 Jane Eyre

原著　夏綠蒂 ・ 勃朗特　Charlotte Bronte
編著　晴天金桔
插畫　雷夢

總編輯　徐昱
編輯　雨霓
封面設計　陳麗娜
執行美編　陳麗娜

出版者　悅樂文化館
發行者　悅智文化事業有限公司
地址　新北市板橋區板新路 206 號 3 樓
電話　02-8952-4078
傳真　02-8952-4084
電子郵件　sv5@elegantbooks.com.tw

戶名　悅智文化事業有限公司
郵撥帳號　19452608

初版一刷　2022 年 6 月　　定價 280 元

Jane Eyre

Jane Eyre